小象散步

文・圖／中野弘隆

選書翻譯／林真美

親子天下
Education・Parenting
Family Lifestyle

今天的天氣真好。
小象的心情也好好。

「走吧！走吧！散步去吧！」

「嗨！小河馬。」
「喔！小象，
你要去哪裡？」
「去散步啊，
一起去吧！」

「你背我，
我就去。」
「好啊！好啊！」

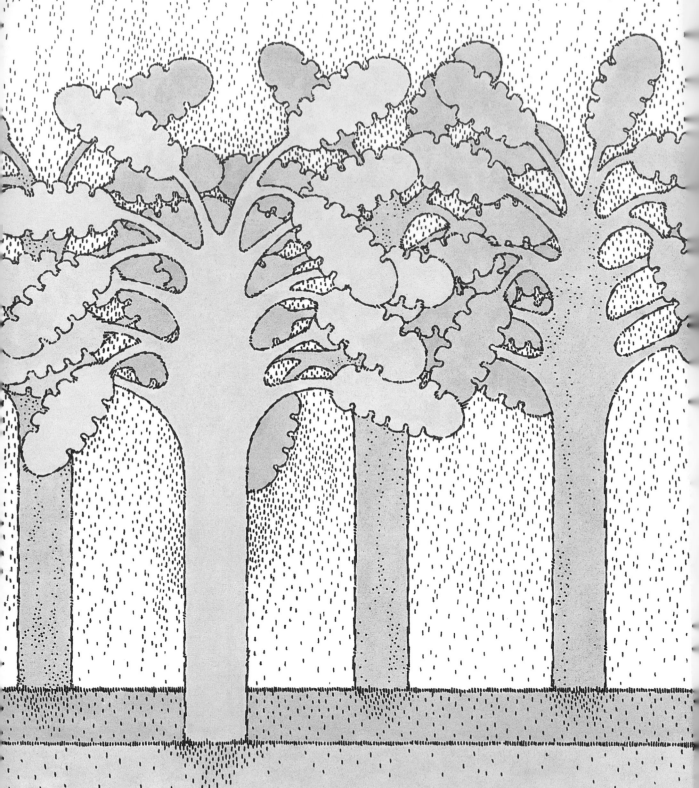

「小象的力氣真大。」
「嗯，我是大力士。」

「嗨ㄏㄞ！小ㄒㄧㄠˇ鱷ㄜˋ魚ㄩˊ。」

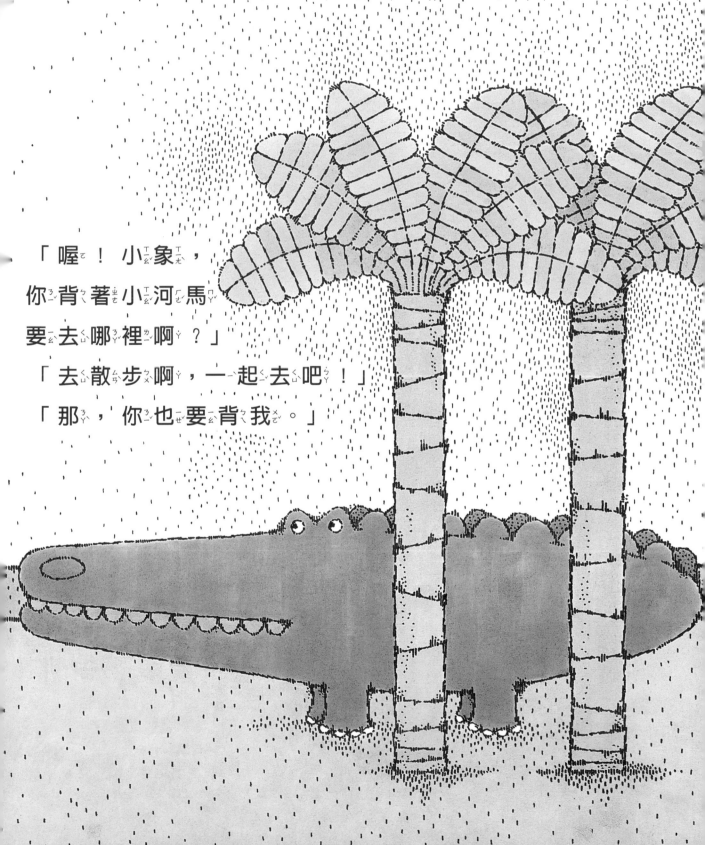

「喔！小象，
你背著小河馬
要去哪裡啊？」
「去散步啊，一起去吧！」
「那，你也要背我。」

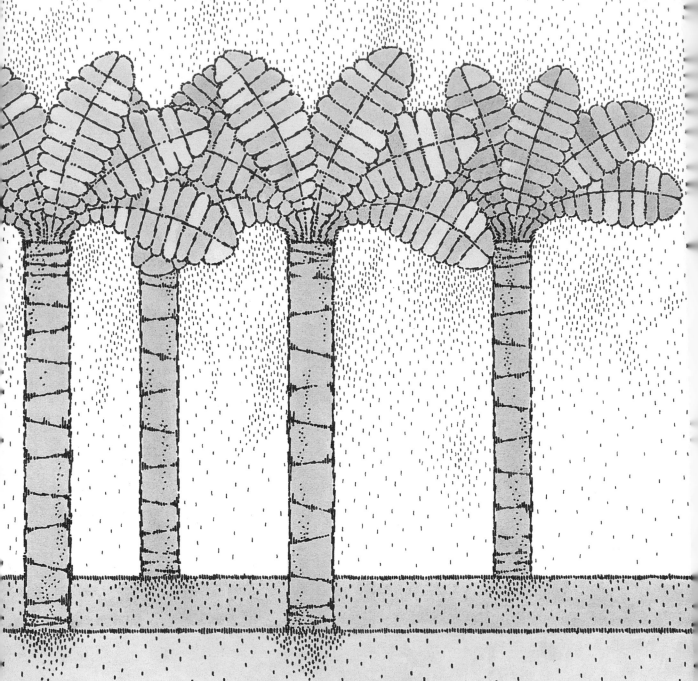

「小象的力氣真大。」
「嗯，好重啊。」

「嗨ㄏㄞ！小ㄒㄧㄠ烏×龜ㄍㄨㄟ。」

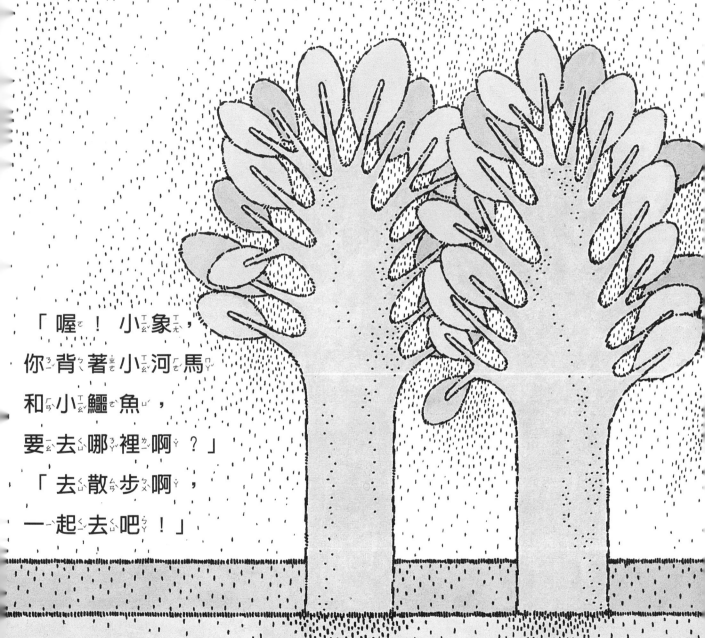

「喔！小象，
你背著小河馬
和小鱷魚，
要去哪裡啊？」
「去散步啊，
一起去吧！」

「那，
你也要背我。」

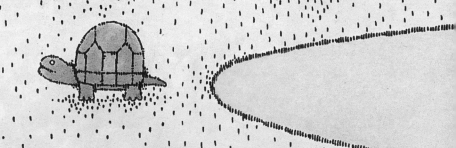

「小象的力氣真大。」

「嗯，還真重呢。」

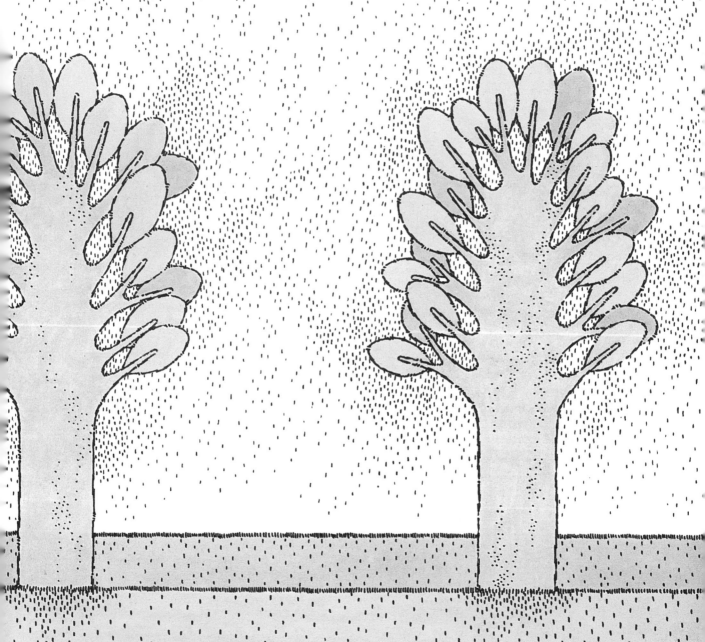

掉到池塘裡。

大家的心情好好。
今天的天氣真好。

關於作者與譯者

關於作者：

中野弘隆

1942年生於日本青森縣。1964年畢業於桑澤設計研究所。畢業後曾在動畫公司工作，之後投入繪本創作。他在1968年問世的《小象散步》一書，幽默、簡潔有力，廣受日本孩童喜愛，至今已逾百刷，並破銷售百萬本紀錄。

關於譯者：

林真美

國立中央大學中文系畢業，日本國立御茶之水女子大學兒童學碩士。喜歡兒童，熱愛繪本。除從事與兒童相關之工作外，也著手推廣「繪本」及「繪本親子共讀」。曾策劃、翻譯繪本無數，並發起「小大讀書會」，與讀書會成員共築「小大繪本館」。目前在大學兼課，講授「兒童文學」與「兒童文化」。

♫ 故事音檔下載 ♫

國語版　臺語版

THE ELEPHANT HAPPY
Text & illustrations © Hirotaka Nakano 1968
Originally published by Fukuinkan Shoten Publishers, Inc., Tokyo, Japan,
in 1968 under the title of ZŌUN NO SAMPO
The Complex Chinese rights arranged with Fukuinkan Shoten Publishers, Inc., Tokyo.
All rights reserved

繪本 0249

小象散步

作繪者｜中野弘隆（Hirotaka Nakano）　譯者｜林真美
責任編輯｜呂奕欣　特約美術編輯｜崔永嬿
天下雜誌群創辦人｜殷允芃　董事長兼執行長｜何琦瑜
兒童產品事業群
副總經理｜林彥傑　總編輯｜林欣靜　主編｜陳毓書　版權專員｜何晨瑋、黃微真
出版者｜親子天下股份有限公司　地址｜台北市104建國北路一段96號4樓
電話｜（02）2509-2800　傳真｜（02）2509-2462　網址｜www.parenting.com.tw
讀者服務專線｜（02）2662-0332　週一～週五：09:00~17:30　傳真｜（02）2662-6048
客服信箱｜bill@cw.com.tw　法律顧問｜台英國際商務法律事務所・羅明通律師
總經銷｜大和圖書有限公司　電話｜（02）8990-2588
出版日期｜2008年7月第一版第一次印行　2022年5月第二版第二次印行
定　價｜280元　書　號｜BKKP0249P　ISBN｜978-957-503-617-1
───訂購服務───
親子天下Shopping｜shopping.parenting.com.tw　海外・大量訂購｜parenting@cw.com.tw
書香花園｜台北市建國北路二段6巷11號　電話（02）2506-1635
劃撥帳號｜50331356 親子天下股份有限公司

立即購買＞